D1718284

© 1997 Franz Brack Verlag
ISBN 3-930323-12-5
Alle Rechte vorbehalten
1. Auflage

Die 7 Schwaben

nacherzählt von Franz R. Miller
mit Bildern von Heinz Schubert

Franz Brack Verlag Altusried

Vorwort

In einem schwäbischen Städtchen stand einmal einer vor dem Richter, weil er einen anderen beleidigt habe.

Der Richter sprach den Beklagten frei mit der Begründung, jener sei nun mal ein Schwabe und als solcher eher zum Foppen aufgelegt.

Ein weiser Spruch!

Denn auch die Schwaben müssen sich allerlei gefallen lassen, wenn es um Spott und Neckerei geht. Da ist die Geschichte von den sieben Schwaben, die ausziehen, ein Ungeheuer zu besiegen. Wann die Geschichte entstanden ist, weiß man nicht genau. Eine erste Erwähnung findet sich in einem Codex latinus des Klosters Tegernsee. Hier unterhalten sich drei Schwaben darüber, wie sie einen Hasen vertreiben wollen. Diese Schrift dürfte aus dem ausgehenden 15. Jahrhundert stammen.

Ein andermal ist von neun Schwaben die Rede in einem Gedicht des Hans Sachs, das 1545 erschien. Diese Fassung wurde von Arnim von Brentano in „Des Knaben Wunderhorn" wieder verwendet. 1563 erschien die Geschichte in „Wend Unmuth", einer Schwanksammlung des hessischen Dichters Hans Wilhelm Kirchof. In den Schwankbüchern der Zeit wurde sie weiter ausgemalt, neue Taten traten hinzu, und im 17. Jahrhundert wurden aus den neun die geläufigen sieben Schwaben.

Euchar Eyring, ein Schriftsteller jener Zeit, kennt sie schon um 1600. Auch der Bilderbogen bemächtigt sich jetzt der Geschichte. Der Nürnberger Paulus Fürst brachte um 1640 ein mit Versen versehenes Blatt heraus, das bis ins 19. Jahrhundert nachgedruckt wurde.

In einem Augsburger Bilderbogen bringt Georg Wilhelm Salomusmiller die Geschichte in schwäbische Mundart.

Stoaßt zueah in äller Schwoaba Nahma
sohnscht weunsch i daß ihr mächt erlahma.

Baym ealment du hauscht gueat schwätza
du bischt der leatzt beym Dracha hetza.

Gang Veitli gang, gang du vor ahn
i will dahinda voar di stahn.

Her Schultz dear mueß dear earste sain
dann ihm gebührt diea Eahr allain.

So ziecht dann hertzhafft an den streit
hieran erkennt man tapfre Leith.

Botz Veitli gug, lueag was ischt das?
Das Ungeheur ischt nur an Has.

Die erste große Darstellung schrieb der schwäbische Pfarrer und Dichter Sebastian Sailer (1714 - 1777), dessen Verdienst es ist, das echte, unverfälschte Schwäbisch literaturfähig gemacht zu haben. Er führt erstmals die Gestalten als einzelne, scharf umrissene Personen vor.
1812 erschienen die Hausmärchen der Gebrüder Grimm, 1827 das Volksbüchlein „Die Abenteuer der sieben Schwaben", dem eine bebilderte Ausgabe 1832 folgte. Der Verfasser war Ludwig

Aurbacher (1784 - 1840), geboren in Türkheim, Novize bei den Benediktinern in Ottobeuren und schließlich Professor für Stilkunde und Ästhetik in München. Er hat die Geschichte inhaltlich stark ausgeweitet und um den Kampf mit dem Hasen eine Fülle höchst komischer und ergötzlicher Streiche geflochten.

Die älteste bildliche Darstellung, die noch neun Schwaben zeigt, finden wir auf einem Silberbecher, der wohl Augsburger Arbeit ist und im Stuttgarter Schloßmuseum steht. Er zeigt die Gruppe in ängstlicher Pose mit der Unterschrift „Ein alter Has will neun Schwaben jagen!"

Am bedeutendsten sind die Holzschnitte, zu denen Ludwig Richter die Vorlagen gezeichnet hat. Sie sind in den „Sieben Schwaben" der Reihe der Marbachschen Volksbüchlein bei Georg Wigand in Leipzig um das Jahr 1840 erschienen.

Moritz von Schwind malte ein Aquarell mit den sieben Schwaben in abenteuerlicher Landsknechtstracht.

In der Folgezeit wurden Künstler und Liebhaber vielfach zu bildnerischen Darstellungen unterschiedlichster Qualität angeregt.

Der Seehas aus Überlingen

Es war ein glühend heißer Nachmittag. Der Bodensee lag da wie eine silberblaue Scheibe. Es regte sich kein Windhauch, nur die Insekten summten um Bäume und Sträucher. Die Blumen ließen die Köpfe hängen, und in der Luft war ein seltsames Flirren.

Der Überlinger Feldhüter lag unter einem Holderbusch und döste vor sich hin. Er dachte gar nicht daran, durch die Obst- und Rebgärten zu gehen, um für Ordnung zu sorgen, wie es eigentlich seines Amtes gewesen wäre. Bei dieser Hitze kam doch kein Ungebetener den Berg hochgekrochen. Und schon war er wieder eingeschlafen. Da spürte er, wie etwas an ihm herumschnupperte. Im Nu war er hellwach, aber er rührte sich nicht von der Stelle. Das Etwas kroch seinen Arm hoch und stupfte ihn leicht an die Wange. Erschrocken fuhr der Feldhüter hoch und sah gerade noch den Körper eines braunen Tieres über seine Beine springen. Dann war es schon im hohen Gras verschwunden.

Dem Feldhüter klopfte das Herz bis zum Hals. Jetzt hatte er die Gewißheit! Immer schon war er überzeugt gewesen, daß über dem See ein Ungeheuer hauste, und immer hatten sie ihn unten im Ort ausgelacht. Aber jetzt hatte er es selber gespürt! Es war ein langes, braunes, scheußliches Vieh. Nun hielt ihn nichts mehr auf seinem Platz. Ungeachtet der sengenden Hitze rannte er nach Überlingen hinunter, wo ein paar Frauen um den Brunnen standen und ihr Schwätzle hielten.

„Was isch denn mit deam los, dean hau i noch nia so schnell laufa seacha, dean faule Knoche! - Wo rennst denn hi?", riefen sie ihm nach.

„A Ungeheuer!" keuchte der atemlos und war schon um die Ecke. Die Frauen setzten sich eilends in Bewegung, um diese Neuigkeit zu verkünden.

Derweilen war der Feldhüter beim Bürgermeister angelangt und erzählte ihm sein Erlebnis.

Der saß mit einigen Mannsbildern beim Karteln und einem guten Viertele Wein. Er ließ sich nicht aus der Ruhe bringen. „A Ungeheuer wird da drobe sei, des hoscht du träumt!"

Die anderen lachten und meinten, eine Hummel werde ihn angebrummelt haben oder ein Hase sei über ihn hinweggehoppelt. Doch der Feldhüter wurde immer aufgeregter, und je mehr Leute dazu kamen, desto größer wurde in seiner Erzählung das Vieh, das ihn aufgeweckt hatte.

„I hau's eich immer scho gsagt, da dobe haust a Drache, aber ihr glaubts mir ja nix!"

Ein paar Frauen bekamen es jetzt doch mit der Angst, aber die jungen Burschen hielten sich den Bauch vor Lachen.

„A Has werd des gwease sei, a solcher Seehas, wie du oiner bischt!" Und schon hatte der Feldhüter seinen Spitznamen weg.

„Gang auf d' Seite, Seehas, daß des Ungeheuer vorbeikann!"

Dieser ereiferte sich immer mehr.

„Do isch nix zum Lache! Auge hot des Viech ghabt wia zwoi Wageräder so groß und an Rache wia a alter Karpfe!"

„A Fuchs kunnt's gwease sei", meinte ein Alter, „doch der goht bei dera Hitz net aus'm Bau!"

Der Seehas war nicht mehr zu halten.

„Mir müsset do nauf und des Viech schlage, des isch a G'fahr fürs ganze Schwaubeland, wenn des frei rumlauft!"

Doch er fand kein Gehör.

„Jetzt, Seehas, gib an Fried, du machst ja die ganze Leit verruckt mit deiner Spinnerei!" meinte der Bürgermeister und wandte sich wieder dem Weinkrug zu.

Da wurde der Seehas fuchsteufelswild.

„So, so, i mach die Leut verruckt! Ihr seid verruckt, aber ihr werdet scho no seaha, was über euch kommt! Unglück und Verderbe! Und euern Wald und eure Gärte, die soll hüete, wer mag. I gang jetzt in d' Welt naus und such mir wackere Mannsbilder! Und mit deana werd i des Schwaubeland von deam Ungeheuer befreie!"

Doch es hörte ihm keiner mehr zu.

Der Seehas ging zu seinem winzigen Häuschen, packte sein ebenso winziges Bündel und zog westwärts. Dem Schwarzwald zu.

Der Nestelschwab von der Alb

Aber es war nicht so einfach, Mitstreiter zu finden.

Der Seehas war den jungen Rhein entlang gezogen bis zum großen Wasserfall, dann keuchte er den Hohentwiel hinauf, wo er gar nicht erst eingelassen wurde, und schließlich fand er sich in den Dörfern und Einöden des Schwarzwaldes wieder. Keiner der vielen Gesellen, die er ansprach, wollte mit ihm ziehen.

Da sah er einen am Gartenzaun stehen. Stattlich sah er nicht aus, eher abgerissen, mit vielen Runzeln im Gesicht und einem Maul, daß man bequem einen ganzen Brotlaib hätte hineinschieben können. „Ha jo, grüeß euch Gott! Was seid ihr denn für a Landsmann?"

Der andere sah ihn ratlos an.

„Landsmann? Landsmann bin i keiner, halt dem sellen Baure sei Knecht, der da drübe ackert!"

„Auweh", dachte der Seehas, „der hat die Weisheit au net mit dem Löffel g'fressa!" Aber er pirschte sich doch näher an ihn heran. „Hoscht an guten Herrn?"

„Noi", sprudelte dieser heraus, „des isch a grober Siach! Zum Essa gibts bloß a Millisupp' und Bodebiera, und schaffe mueß i für zwoi!"

„Aber jetzt grad luegst bloß in Himmel nauf!"

„I bin eba a frommer Knecht und hau jetzt a Gsetzle beatet, auf daß 's Wetter guet bleibt!"

„Schau, schau", dachte der Seehas, „der hot's offesichtlich faustdick hinter die Ohra!"

„Was nestel'sch denn dauernd an deiner Hos' rum?"

„Von dem wenige Essa isch se mir z'weit worde und Riemen han i koin. Jetzt mueß i se eba mit der oine Hand verhebe."

„Und wenn d' schaffe mueßt?"

„Drum hot mer ja der Herrgott zwoi Händ geaba!"

Da mußte der Seehas doch grinsen.

„Magst net mit mir ziehe, a Ungeheuer bekämpfe?"

„Kämpfe isch eigentlich net mei Sach, und i ka halt bloß mit oiner Hand fechte, weil i mit der andere d' Hos' halte mueß. Aber schlimmer wie mei Baur ka des Ungeheuer au net sei!"

Und er schnürte sein Bündel, hing es an einen Gäbelesstecken und zog hinter dem Seehas drein.

„Wenn i 'ja' sag, sagsch du au 'ja', wenn i 'noi' sag, sagsch du au 'noi'! Hast verstande?"

„Wohl, wohl, des isch leicht zum verstehe. Und wenn i 'jetzdala' sag, no hätt i an Hunger und an Durst. Host du au verstanda?"

„Wohl, wohl", meinte der Seehas, „des ischt au leicht zum verstehe!"

Da grinste der Nestelsschwab, blieb stehen und meinte: „Jetzdala!"

Der Gelbfüßler aus Bopfingen

So sind die beiden durchs Schwabenland gezogen.

Besonders rasch kamen sie nicht voran, da der Nestelsschwab gar oft und gern „Jetzdala!" rief. Aber dafür war er ein williger Mitläufer. So wanderten sie geruhsam über die Alb und kamen in die freie Reichsstadt Bopfingen. Sie war nur dem Kaiser untertan. Aber reiche Leute waren die Bopfinger deswegen nicht. Alle Jahre zu Ostern mußte jeder Bopfinger, ob groß oder klein, dem Herzog ein Ei zum Geschenk machen. Als nun wieder einmal das Fest kam, stellten sie fest, daß der Wagen zum Verladen der Eier zu klein war. Nun war guter Rat teuer! Schließlich meinte einer der Ratsherren, am besten wäre es wie beim Heu, die Eier ordentlich auf den Wagen zu stampfen. Das Ergebnis war entsprechend, und weil solche Dinge nicht verborgen bleiben, wurden die Bopfinger bald die „Gelbfüßler" genannt.

Vor dem Eingangstor in die kleine Stadt stand ein großgewachsener Wächter. „Halt!" rief er, „wohin des Wegs?" Der Seehas wollte gerade Auskunft geben, da drängte sich der Nestel an ihm vorbei und fragte den langen Kerl schlankweg:

„Bisch du au a Gelbfüßler?"

Der Seehas wäre am liebsten vor Angst in den Boden versunken. Die Antwort blieb auch nicht lange aus. Der also Angesprochene drehte sich um und nannte den Nestel einen „halbeten Mausbollen" und einen „gfirnißten Sautrog" und noch so manch andere Redensart, die unser schönes Schwabenland zu solchem Zwecke parat hat.

Der Nestel ließ ihn ausschimpfen und sagte dann ganz ruhig: „So an starke Ma wia di könnten mir brauche! Mir ziehen an den Bodesee nunter, a Ungeheuer zum bekämpfe. Du wär'sch der richtige Kerle für uns!"

Und er sagte ihm noch mehr solcherart schmeichelhafte Worte. Der Seehas guckte überrascht, das hätte er seinem Nestelsschwab gar nicht zugetraut! Der Bopfinger meinte zwar auch, daß Kämpfen nicht so recht seine Sache wäre, doch mit zwei solchen Gesellen müßte gut wandern sein.

Und so zogen sie selbdritt weiter und kamen ins Ries.

Der Knöpfleschwab aus dem Ries

Es soll Leute mit bösen Zungen geben, die da behaupten, die Rieser hätten kein Herz, doch dafür zwei Mägen. Ein weiter Weg war es nicht am Hohen Ipf vorbei gegen Nördlingen zu. Der Nestel wollte schon wieder einmal „Jetzdala!" sagen, da blieb der Seehas vorne stehen und guckte zu einem Fenster hinein. Dahinter saß ein kleiner, rundlicher Kerl mit einem rosigen Gesicht und bampfte aus einer Riesenschüssel Knöpfle mit Kraut. Knöpfle sind die durch einen Seiher ins Salzwasser gezogenen Spätzle, nicht die über ein nasses Brett geschabten.

Wie der Kleine die drei Kerle vor seinem Fenster stehen sieht, zieht er schleunigst die Schüssel näher zu sich heran und schiebt hinein, was nur auf den Löffel geht. Die Drei draußen staunen immer mehr, was in einen einzigen Magen so hineingeht und kauen schön brav trocken mit. Endlich ist der Esser fertig. Er stellt die Schüssel auf die Seite, dreht sich langsam zum Herd und langt eine weitere herüber, die wiederum gehäuft voller Knöpfle ist. Und das Spiel beginnt von neuem. Endlich ist er fertig, dreht sich um, macht das Fenster auf und fragt:

„Wollt ihr au ebbes?"

Die Drei nicken eifrig, und freundlich schiebt er ihnen die Schüssel zu. Es ist aber nur noch eine Handvoll Spätzle übrig und ein Löffele Kraut. Das haben sie dann getreulich geteilt und traurig hinuntergeschluckt.

Meint der Seehas:

„Du wearst doch der richtige Kerle für uns und konntest mit uns ziehge, um a Ungeheuer zum bekämpfe!"

Da schüttelt sich der Kleine und zetert:

„I und kämpfe! Ja, wisset ihr nix Gscheiters als zum kämpfe? Noi, noi, do bleib i scho lieber im Ländle und nähr mi redlich!" Da öffnet sich oben eine Tür und eine hohe Stimme kreischt herunter:

„Ja, was isch denn mit dir faule Siache, hosch du bloß meah as Essa im Sinn und net d' Arbet! Los, schick di a weng und komm mir ja net vor obends hoim vom Feld!"

Der Nestel hatte sich schon in den finstern Flur verdrückt. „Wer isch denn des?" fragte er ängstlich.

„Ja mei", druckste der andere vor sich hin, „des isch d' Muetter von am Bäsle. I soll's heirate!"

„D' Muetter?" fragte der Gelbfüßler.

„Noi, scho as Bäsle, aber ..."

„Aber vorher mußt du a ordentlichs Mannsbild werde", fiel ihm da der Seehas ins Wort. „Du gehsch jetzt mit uns, und wenn du hoimkommsch als siegreicher Held, isch alleweil no Zeit zum Heirate!" Das sah der Knöpfle ein.

„Aber i nimm meine Pfanne und Schüssle mit! Die häng i um und an Kochlöffel derzue. Zum Kämpfe braucht mer a guete Unterlag, und die kriegt ihr mit meine Knöpfle."

Den anderen war das nur recht. Der Knöpfle spannte seine Kochgeschirre um den Wampen, und so zog er los, daß es nur so klapperte und man meinen konnte, ein stolzer Ritter ziehe seines Weges.

Der Blitzschwab aus Meitingen

Es war schon eine etwas wunderliche Gesellschaft, die da durchs Ries zog, der Donau entgegen: Der Seehas nach wie vor voran, der Nestel schlurfend hinterdrein, der Gelbfüßler latschend wie ein Enterich und der Knöpfle keuchend und schwitzend. Aber sie kamen jetzt schneller vom Fleck, weil sich der Nestel nicht mehr getraute, an jeder Wegbiegung sein „Jetzdala!" zu rufen.

Wo der Lech in die Donau mündet, war ein großer Urwald. Als sie sich durch ihn geschlängelt und mehrmals ins Wasser gefallen waren, beschloß der Knöpfle, erst einmal zu kochen. Es gelang ihm nicht besonders gut, weil das Mehl zu pappig war und er überdies eine ganze Handvoll Salz in den Teig geschmissen hatte. Also strebte der Seehas in Meitingen der ersten besten Wirtschaft zu, und jeder bestellte ein Kännlein Wein. Dieser war jedoch auf den Hängen des nahen Jura gezogen worden und entsprechend sauer. Der Nestel verzog das Gesicht ein ums andere Mal und meinte, ein solches Kännle gönne er nicht einmal seinem Bauern, dem er fortgelaufen war.

Am Nachbartisch saß ein großer, aber lattendürrer Gesell mit einer kecken Haarlocke im Gesicht, trank auch von dem Gesöff und begann nach jedem Schluck gottslästerlich zu fluchen und zu schimpfen.

Das gefiel dem Gelbfüßler. Er machte sich an ihn heran.

„Hast du's auch net mit dieser Welt?"

Der andere sah gar nicht weiter auf, hieb wieder auf den Tisch, daß es krachte, schrie „Potz Blitz!" und fluchte etliche Heilige vom Himmel herunter. Dann holte er seine Fidel aus der Ecke und und spielte auf, daß es allen nur so in die Ohren fuhr und der Nestel vor Schreck vergaß, die Hose zu halten. Aber der Gelbfüßler stichelte weiter.

„Warum bisch du denn gar a so grätig?"

Da brach es aus dem anderen hervor:

„Die schönste Liedle sing i und i schpiel die feinschte Melodie, aber koi Mensch will's höre. Weit und broit gibt's koin bess'ra Musikante als mi, aber mit der Kunscht ham's die Leit net heitzutag! Die losset mi glatt verhungre und verdurste!"

Und er nahm einen großen Schluck aus der Kanne.

Jetzt pirschte sich der Seehas an ihn heran.

„Do hoscht recht! Der Prophet gilt nix im eigene Land, des ischt an alte Gschicht. Aber mir könnet dir helfe. Ziehg mit uns! Mir wandret auf da Bodesee zue, do gilt's, des schwäbisch' Land von am Ungeheuer zum befreie!"

„Hm", machte der Blitzschwab, „a Ungeheuer?"

Doch der Seehas stieß listig nach.

„So kommsch naus in d' Welt, siehgsch andere Leut', kasch dene deine Liedle vorsinge und wirsch gar no a berühmter Ma!"

Das zog.

„Potz Blitz!" brüllte der Sänger und Musikant. „Deam U'tier werd i da Marsch blosa, daß eahm d' Auge übergeh' und's eahm s' Fiedle verreißt, so wohr i der Blitzschwab bin!

Und nochmals stieß er greulich in sein Horn.

„I gang mit euch!" sagte er kurzentschlossen und duldete es gerne, daß ihm der Seehas nicht nur die Zeche, sondern auch seine Schulden beglich.

„I bi a Musikant und fürcht nix auf dera Welt!" tat er kund, und so zogen sie jetzt zu fünft südwärts. Die Vier waren recht froh, daß sie einen offenbar wirklich kampfesmutigen Helfer für ihre gerechte Sache gewonnen hatten, der sie zudem mit munteren Weisen auf Trab hielt. Sie konnten ja nicht ahnen, daß der Blitzschwab nur ein großes Maul führte, aber unterm Wams ein butterweiches Herz trug, das vor allem beim Auftauchen eines Weiberrockes dahinschmolz wie die Butter in der Sonne.

Der Spiegelschwab aus Memmingen

Mit jedem Schritt, den sie südwärts stapften, wurde sich der Seehas seiner großen Verantwortung mehr und mehr bewußt. Wenn er freilich seine Weggenossen so ansah, meinte er für sich, daß sie schon noch eine Verstärkung brauchen könnten. In Memmingen, dachte er, müsse sich eine solche finden lassen.

Doch sie kamen gar nicht durchs Tor in die Stadt hinein, denn da lag am Wegrand ein Wirtshaus. Allzu einladend sah es freilich nicht aus. Der Nestel war schon mit dem Wirt, der im Fenster lehnte, in ein Schwätzle eingetreten.

„Des ischt aber a saubere Wirtschaft", lobte er.

Das hatte dem Wirt noch keiner gesagt.

„Mir schenket au a guets Märzebier!" ließ er sich vernehmen. Und ehe sichs der Seehas versah, waren seine Kumpane schon um den runden Tisch der Wirtschaft versammelt und hatten bald die vollen Humpen vor sich stehen. Sie zechten wacker, der Blitzschwab sang fröhliche Lieder dazu und der Knöpfle meinte gar: „Hier solltet mir bleibe, soll doch des U'tier schlage, wer mag!" Aber da fuhr der Seehas dazwischen. Er mahnte zum Aufbruch, und als der Blitzschwab sein übliches „Potz Blitz!" ertönen ließ, erhoben sich alle von den Bänken und griffen ihre Bündel.

„Halt, halt!" rief der Wirt. „Nur net so jäh! Trinket doch no oins!" Das ließen sie sich nun nicht zweimal sagen. Beim Einschenken merkte der Knöpfle, daß sich der Wirt sein Nasentröpfle immer mit dem Wamsärmel abwischte. Davon war dieser schon ganz blank gerieben.

„Der Sauberste bisch du au net", meinte er offenherzig. Doch der Wirt entgegnete, das Nasentröpfle mit dem Tuch abwischen könnten sich nur die reichen Kaufleute in Memmingen leisten. Er müsse es schon auf seine Weise abwischen.

„An Spiegel brauchsch du koin", höhnte der Knöpfle, „du brauchsch bloß in dein Ärmel neigucke!" Und unter großem Gelächter taufte ihn der Gelbfüßler einen Spiegelschwaben.

„Wo isch denn die Wirtin?" fragte schließlich der Seehas. Man sah ihm an, daß er etwas im Sinn hatte.

Diese sei verreist, bei der Schwester in Biberach drüben.

„Hascht a guete Alte?" fragte der Gelbfüßler.

„Es goht!" wand sich der Wirt um die Antwort herum. Doch nun wurde ihm die Fragerei zu lästig, und er mahnte seinerseits zum Aufbruch.

„Also, i hol jetzt mein Beutel, ihr werdet zahle wolle!"

„Zahle?" sagte da der Nestel und setzte seine treuherzigste Miene auf. „Zahle?"

„Zahle, ja freilich, was denn sonscht?" versetzte der Wirt.

„Noi, mir zahlet koin Heller", meinte der Nestel, „du hascht selber g'sagt, hier schenkt ma des Märzebier! Und fürs Gschenkte nimmt ma nix auf der ganze Welt!"

Der Wirt war sprachlos.

Da griff der Seehas ein.

Wenn schon die Frau nicht da wäre, und die Wirtschaft nicht gut ginge, dann solle er doch mit ihnen ziehen. Und er erzählte die Geschichte vom Ungeheuer, das mittlerweile immer größer und dicker geworden war, mit feurigen Augen und einem riesigen Schweif. Aber auch der Spiegelschwab hatte es nicht mit dem Kampf und dem Gefecht und wand sich wie ein Wurm. Doch der Seehas ließ nicht locker, er hatte jetzt schon viel Übung darin, einen zu beschwätzen. Schließlich gab der Spiegelschwab nach und erntete ein großes Hallo.

„Aber bevor mir gega dean Bodesee ziehet, ganget mir no ins Allgäu nauf. Do kenn i an G'sella vom Viehmarkt her, der packt an Stier bei de Hörner und druckt ihn in d' Knie. Dean nehmat mir mit!" Das war allen nur recht, und so wollten sie aufbrechen. Doch da erwies sich der unansehnliche Nestel wieder als echter Stratege.

„Ja, du wersch doch no a Bier im Keller habe. Soll des sauer werde?" Und der Knöpfle stieß gleich nach: „Und a Mehl und a Milch und a Salz werd doch au no da sei?"

Der Spiegelschwab nickte nur dazu.

„Also guet", jauchzte der Knöpfle, „dann koch i euch jetzt an Berg Spätzle, so hoch wie der Ipf bei mir drhoim, und mir essat und trinkat, denn solche Helde wie mir, die müsset sich wacker stärke!"

Es wurde eine zünftige Nacht!

Daß sie am anderen Morgen freilich eher geschwächt als gestärkt den Marsch ins Allgäu antraten, das tat ihrer Zuversicht nicht den geringsten Abbruch.

Der Allgäuer vom Grünten

Wie sie auf Kempten zumarschierten, fanden sie dort die Stadttore fest verschlossen, und grimmige Wächter standen davor. Diese ließen gleich die Spieße herunter und betonten, daß kein Fremder die Stadt betreten dürfe. Doch der Spiegelschwab wiegelte auch sogleich ab: „Nur koi Aufregung net! Mir wöllet net nei, mir wisset scho, daß die Kempter net no mehr gscheite Leit verkrafte könnet!" Doch dann zog er schnell den Kopf ein.

„Do brauchts bei uns koi Angst net", bekam er zu hören, „vo Memminga isch no nie nix Gscheits auf Kempta rakomma!" Der Knöpfle schüttelte den Kopf. „Wia bei uns im Ries", ließ er sich vernehmen. „Do derfst z'Öttinge au net sage, daß 'd vo Nördlinge kommst!" Und der Blitzschwab gab bei, daß sich auch die Meitinger und die Mertinger nicht besonders grün wären.

So stapften sie Immenstadt zu, voraus jetzt der Spiegelschwab, der den Weg kannte. Auf einmal merkten sie, daß der Knöpfle verloren gegangen war. Wohl oder übel mußten sie zurück und fanden ihn ächzend und stöhnend auf einem Stein sitzen und gottserbärmlich schwitzen.

„Die hohe Berg drucken auf mei Gmüet, i ka's numma derpacke!" Doch da wurde der Seehas grob, stellte ihn auf die Beine und raunzte ihn derb an. Es täte ihm ganz gut, wenn er ein wenig an Fett verliere. Er solle sich gefälligst nicht so anstellen. Als gar noch ein „Potz Blitz!" ertönte, erhob sich der Knöpfle seufzend und stiefelte maulend und grantelnd hinterdrein.

Wie sie aber auf Burgberg kamen und nun wirklich steil bergan steigen mußten, legte er sich g'streckterlängs ins Gras und war zu keinem Schritt mehr zu bewegen. Ungern ließen sie ihn zurück, aber mit der ernsten Mahnung des Seehas, sich ja nicht weiter zu entfernen, sonst würde es ihm übel ergehen. Der Knöpfle versprach es hoch und heilig.

Die anderen zogen also bergwärts und kamen schließlich zu einem einsam gelegenen großen Hof. Dort sahen sie sich einem jungen Mannsbild mit vollem blonden Bart gegenüber, von einer Statur, wie man sich den Herkules vorstellen möchte.

Er schob gerade alleine einen großen Heuwagen in die Scheune und räumte so nebenbei einige Baumstämme zur Seite.

Dann wandte er sich den Gesellen zu:

„Ja Manndele, was führt denn euch zu uns auf da Berg?"

Der Seehas faßte sich ein Herz und erzählte erneut die Geschichte von dem Ungeheuer, das zu schlagen wäre.

Da erst entdeckte der Allgäuer den Spiegelschwaben, drückte ihm herzhaft die Hand und meinte, da drüber ließe sich schon reden, er müsse aber erst den Vater um Erlaubnis fragen. In diesem Augenblick erhob sich einiger Lärm. Mit großen Schritten kam der Knöpfle angelatscht, und seine Tiegel und Pfannen, die er um den Leib trug, schepperten wie verstimmte Kuhglocken.

„I hau's nimmer ausghalte ohne eich, es geht eba nix über die treue Freundschaft!" betonte er lauthals. Ein hinter ihm schnaufender Stier freilich bewies schlagkräftig, daß es weniger die Anhänglichkeit an die Freunde als die Angst vor diesem Vieh gewesen war, was den Knöpfle auf den Berg trieb.

Der Allgäuer ging auf den Stier los, drückte ihm die Nüstern zu und stellte ihn in die entgegengesetzte Richtung. Dann gab es noch einen derben Tritt, und das Rindvieh trollte sich eilig. Mit Bewunderung und Erleichterung sahen die anderen diesen Taten des Allgäuers zu und hofften inständig, daß er mit ihnen ziehen möge. Dann gingen sie alle dem Gehöft zu.

„Vattr, i solltet mit deane Herra do gega da Bodesee ziaga, es wär a Ungeheur zum schlaga!"

„Ischt reacht, Bua", meinte der Vater, „es ischt sowieso amol Zeit, daß 'd in d' Welt nausgucksch und fremde Leit siehgsch. No gfallts der drhoim glei meah besser. Aber komm mir als a a'ständiger Christamensch wieder zruck!" Der Sohn versprach dies. Die Mutter freilich jammerte schon ein bißchen, daß sie ihr „Büeble" fortgeben müsse. Doch dann meinte sie, jetzt werde sie zuerst einmal für eine ordentliche Stärkung des Leibes sorgen. Darüber brach bei den Gesellen großer Jubel aus. Da entdeckte die Mutter den Knöpfle. „Ja, was bisch denn du für oiner? Du hosch ja lauter Töpf und Tiegel um da Leib!"

Der Knöpfle erklärte eilig seine Herkunft.

„Ja, no komm nur glei in d' Kuche, du kasch mir helfa, Spätzle kocha!"

Das ließ sich der Knöpfle nicht zweimal sagen, und er erwies sich als vorzüglicher Küchenhelfer. Dann entdeckte er, wie die Bäuerin einen herrlich duftenden, warmen Bergkäse durch die Teigspätzle zog.

„Ja, was macht ihr denn do?"

„Des ischt unser Allgäuer Leibspeis, Kässpätzle! Wenn a Bua im Allgäu heirate will, und sei Mädle ka koine Kässpatza kocha, na soll er's glei bleibe lau!"

Der Knöpfle sog tief den Rauch ein und begann zu probieren. Schließlich tat er das so emsig, daß ihm die Bäuerin lachend die Schüssel wegzog.

„Du frißt ja für alle Siebene", meinte sie scherzhaft, aber es gefiel ihr schon, daß da einer ihre Speise so lobte.

Der Knöpfle aber gelobte sich im stillen:

„Wenn i heil und mit gsunde Glieder von deam Ungeheuer hoimkomm, no führ i im ganze Schwobaland die Kässpätzle ei. Des bringt mehr ei als Kämpfe und Fechte!"

Doch dann ließen es sich alle gut schmecken, und sie zogen zufrieden den Berg hinunter.

In Burgberg ließ der Allgäuer anhalten.

„Ja", fragte er, „was hant ihr denn für Waffe dabei, um des U'tier zum schlage?"

Es stellte sich heraus, daß keiner daran gedacht hatte. „Ja, mit die bloße Händ könnet mir des U'tier net derdrucka", meinte der Allgäuer. „Also, wisset ihr was? Mir ziehet jetzt z'erscht auf Augsburg na! Do kenn i an Schmied, der macht die beste Spießer und Harnisch, und do rüstet mir uns oi!"

„Des tuen mir!" jubelte der Nestel und bekam jeglichen Beifall. Dem Seehas war es nicht so recht, daß man nun wieder in die entgegengesetzte Richtung des zu schlagenden Ungetüms zog, doch er wurde lauthals überstimmt.

„Ma mueß nix überhudle", sagte der Spiegelschwab, „guet Ding will guet Weil habe!"

Und so zogen sie munter Augsburg zu, zufrieden, daß sie einem so tatkräftigen Führer vertrauen konnten und jegliche Gefahr fürs erste gebannt schien. Nur dem Seehas kamen Gedanken, ob er jetzt immer noch der Erste unter den Sieben wäre. Als er sich dem Spiegelschwab anvertraute, beruhigte ihn dieser:

„Kommt Zeit, kommt Rat!" meinte er gelassen, und der Seehas glaubte es ihm nur allzugerne.

Harnisch und Spieß

In Augsburg angekommen führte sie der Allgäuer fürs erste in die große St. Ulrichskirche. Keiner der Gesellen war je in einem solch gewaltigen Gotteshaus gewesen, und also staunten sie weidlich. „Potz Blitz!" rief der Blitzschwab ein ums anderemal. Doch das trug ihm sehr mißbilligende Blicke der anderen Kirchenbesucher ein, und so schob der Seehas seine Mitstreiter möglichst rasch wieder aus der Kirche.

„Eigentlich sind mir ja net zum Beta herkomma", wagte er dem Allgäuer zu sagen.

„Nur immer hofele", erwiderte dieser.

Gleich unterhalb der Kirche führte er sie zu einer Schmiede. Der Meister im Lederschurz war ein ebenso stattlich gewachsenes Mannsbild wie der Allgäuer, und der Seehas überlegte schon, ob er diesen nicht auch für das Abenteuer gewinnen könnte.

Da fragte der Schmied nach dem Woher und Wohin, und was es sein sollte. Der Allgäuer gab getreulich Antwort.

„So, so, a Ungeheuer wollet ihr schlage", schmunzelte der Meister und sah sich die bunte Schar nun etwas genauer an. Auch seine Gesellen kamen herbei, und die Lehrbuben gaben schon einige vorwitzige Bemerkungen zum besten.

„Hot des Untier an große Schwanz?" fragte einer.

„An riesige", beeilte sich der Seehas zu versichern.

„No braucht ihr a große, schwere Zange, damit ihr's ordentlich zwicke könnt!"

„So n'am U'tier, wenn ma da Kopf abschlagt, dem wachset glei sechs neue noch", wußte einer aus seiner Schulweisheit beizugeben, und es hätte nicht viel gefehlt, daß unsere Helden schleunigst die Schmiede verlassen und ihr Unternehmen abgeblasen hätten. Der Blitzschwab rettete die Situation. Er fand ein Horn, das einen großmächtigen Ton hergab, und er tat sogleich kund, daß er damit das Vieh auf den Tod erschrecken könne, was alle wieder beruhigte. Der Meister schickte nun seine Leute wieder zur Arbeit und meinte: „Schaut euch halt um, es isch gnue do zum Haue und zum Stecha!" Aber keiner hatte mit Spießen, Hellebarden oder Schwertern etwas im Sinn.

Der Seehas erstand einen mächtigen Sturmhut und ließ sich eine große, rote Feder draufstecken.

„Daß ma au merkt, daß i der Anführer bin!"

Der Gelbfüßler kaufte zwei riesige Sporen an seine Stiefel und stolzierte damit umher wie der Gockel auf dem Mist. Der Knöpfle fand einen Bratspieß.

„Mir langt der! Do ka i Göckel und Rebhühner aufspieße und vielleicht no a Zipfele von dem Dracheviech!"

Der Spiegelschwab nahm einen bauchigen Harnisch und ließ sich ihn gleich anmessen. Dann pirschte sich der Nestel an den Schmied heran.

„I mecht au so an Harnisch, aber koin für die Bruscht, sondern oin für da Hintere!"

„Ja, was soll denn der am Hintere?" fragte der Meister.

„Des sell isch doch ganz oifach! Wenn i an Muet hau und aufs Untier losziehg, no brauch i doch koin Harnisch. Aber wenn mir as Herz in d' Hose fallt, no isch der Harnisch am Hintere grad recht!" Nur der Allgäuer hatte in der Zwischenzeit nach einem Spieß gesucht, doch alle für zu leicht befunden.

„Des send alls Zahnstürer für mi! Hantr nix Kräftigeres?"

Doch da fand sich nichts.

Schließlich kam dem Allgäuer der erleuchtende Gedanke.

Er gab dem Schmied den Auftrag, einen Spieß von sieben Mannslängen zu schneiden, den sie alle gemeinsam führen könnten. Für ein Silberstück extra fertigte ihn der Meister, und also ausgerüstet zogen die Sieben durch die Stadt und zum Gögginger Tor hinaus. Plötzlich rief der Seehas: „Der Knöpfle fehlt schon wieder!"

„Potz Blitz! Der Hundsnix werd pfeilgrad zum andere Tor nausg'witscht sei!" Und ein kräftiger Hornruf bekräftigte diese Musikantenmeinung. Doch da kam der Knöpfle im vollen Lauf dahergesprungen. Er hatte einen großen Kranz Regensburger Würste um den Leib geschlungen, und eine Horde beißfroher Hunde verfolgte ihn mit hängenden Zungen.

Zum erstenmal trat der mächtige Spieß in Aktion und siehe da: Die Hunde ließen vom Knöpfle ab. Das beruhigte alle in ihrem Gemüt, und fröhlich zogen sie über den Rosenauberg weg auf die Wertach zu.

Orakelsprüche

Da es Sommer war, ging der Fluß leicht zu durchwaten, denn eine Brücke oder ein Steg war nirgends zu erblicken.

Trotzdem wäre der Knöpfle beinahe ersoffen, da er wieder einmal eigene Wege gehen und nicht der Furt folgen wollte. So geriet er in einen Gumpen, seine vielen Tiegel und Töpfe, die er um den Bauch trug, zogen ihn in die Tiefe, und der Allgäuer hatte alle Mühe, ihn herauszuziehen.

Tropfnaß stand er nun da, und der Seehas schimpfte ihn überdies weidlich aus, nicht immer „seinen eigenen Grind" durchsetzen zu wollen.

Wie es nun weitergehe, fragte der Nestel. „Immer der Näs' noch", antwortete der Gelbfüßler, „so kommt mer am beschte zum Ziel!" Und so stolperten sie voran.

Gleich hinter Pfersee sahen sie am Waldrand einen feinen Rauch aufsteigen und hielten darauf zu. Sie kamen zu einer Gruppe fahrender Leute, die dort lagerten, und der Seehas fragte, ob sich der Knöpfle am Feuer trocknen dürfe. Der Anführer schaute mißtrauisch drein, denn äußerlich machten die Sieben mit ihrem mächtigen Spieß einen eher gefährlichen Eindruck. Als aber der Knöpfle zitternd und bibbernd im Hemd am Feuer stand, lachten sich alle gegenseitig an, und die Fahrensleute luden die Schwaben ein, doch von ihrer Suppe zu probieren. Der Seehas schaute prüfend in den Kessel. Als er jedoch bemerkte, daß dort Frösche, Kröten und anderes Getier herumschwammen, beeilte er sich zu versichern, sie seien bereits satt.

Nahe beim Feuer hockte eine Alte. Wo sie denn hinwollten in ihrem wunderlichen Aufzug, wollte sie wissen. Nun war der Seehas wieder in seinem Element und erzählte farbig und einfallsfroh von dem Ungeheuer, das sie schlagen wollten.

„Da seid ihr auf einem gefährlichen Weg", meinte die Alte, „für einen Heller lese ich jedem von euch aus der Hand."

Nun war der Beutel des Seehas zwar schon ziemlich zusammengeschrumpft. Diese Gelegenheit wollte er sich jedoch nicht entgehen lassen und streckte als erster die Hand hin.

Die Alte drehte und wendete diese hin und her und sagte schließlich:

An dir ist wohl ein großer Grind,
doch innen drin man wenig find't!

Rundum gab es ein schallendes Gelächter. Der Seehas freilich war hell empört und schob den Spiegelschwaben vor.

> Ein rechter Mann geht auf die Reis',
>
> wenn er daheim kein Ordnung weiß,

bekam er zu hören, meinte brummelnd, daß die alte Vettel gar nicht so unrecht habe und machte dem Gelbfüßler den Weg frei. Da schaute die Alte nur kurz hin und ließ lakonisch vernehmen:

> Den Esel kennt man an den Ohren,
>
> den schlauen Mann an Schuh und Sporen!

Der Gelbfüßler dachte gar nicht daran, über diesen Spruch nachzudenken. Er nahm ihn als volles Lob in Empfang und gab seinerseits noch einen Heller dazu. Nun drängte sich der Knöpfle vor. Auch er wurde rasch abgefertigt:

> Wer stets viel ißt, steht gut im Saft
>
> und taugt für jede Wanderschaft!

Der Knöpfle wurde gleich um einen ganzen Kopf größer ob solcher Rede und stellte nun den Nestel hin. Hier besann sich die Alte lange. Endlich ließ sie hören:

> Die Dummheit ist im Land weither,
>
> doch keinem reicht sie je zur Ehr!

Nun erhob sich wieder ein brüllendes Gelächter. Nur der Nestel blieb stehen und schaute die Alte treuherzig an. Schließlich sagte er leise:

> Wer auf die alten Weiber hört,
>
> auch sonst nur falsche Eide schwört!

Da wollte die Wahrsagerin heftig zu zetern beginnen, doch der Allgäuer stellte sich bolzengerade vor sie hin und hielt ihr seine Pranke unter die Nase. Die Alte fingerte ein bißchen herum und knurrte dann:

> Der stärkste Mann ist ohne Kraft,
>
> wenn ungleich ist, was mit ihm schafft!

Nun lachten nur die herumsitzenden Landfahrer, doch da hieß es plötzlich „Potz Blitz!", und der Blitzschwab fuhr wie ein Wilder mit dem langen Spieß dazwischen, schrie und polterte, man lasse sich von so einer alten Hexe doch nicht beleidigen! Und schließlich kippte er den Kessel mit dem Sud ins Feuer, daß es nur so prasselte.

„Auf, Gselle!" brüllte er, „des ganze Schwaubaland schaut auf uns Helde! Nix ka uns jetzt mehr aufhalte!"

Und alle krabbelten schleunigst auf die Füße und gingen ihm nach. Die paar Landfahrer waren richtig erschrocken, nur die Alte rief den sieben Schwaben giftig nach:

Musikanten und der Pöbel:
Alle sind sie Galgenvögel!

Doch da waren diese schon im dichten Wald verschwunden.

Liebesgeflüster

Es dauerte nicht lange, da hatten sie sich im unwegsamen Unterholz heillos verirrt. Zudem war jeder nach den Vorgaben des Gelbfüßlers „der eigenen Näs' nach" marschiert, und so war bald der Zusammenhalt völlig verloren gegangen. Ein Glück, daß der Blitzschwab seine Fidel dabeihatte. Er spielte laut und lange, und so trafen sie sich nach und nach auf einer Lichtung, zwar zufrieden, daß sie sich wieder gefunden hatten, aber ansonsten ziemlich ratlos. Da raffte sich der Seehas auf, schließlich fühlte er seine Verpflichtung als Anführer und meinte:

„Nix mehr der Näs' noch, mir noch, hoißt's jetzt! Und des werd' ei'ghalte, verstanden!"

Das war allen recht. So ganz wohl war dem Seehas nicht in seiner Haut, denn er hatte auch keine Ahnung von Weg und Steg und zog eben einmal auf gut Glück drauflos, in der Hoffnung, der Wald werde schon einmal zu Ende gehen. So stapften und stolperten sie einige Stunden dahin, und der Knöpfle argwöhnte gar: „I glaub, mir send längst über da Bodesee naus, mir solltet umkehre!" Schon wollten sie wieder ein großes Palaver beginnen, doch es begann bereits dunkel zu werden, und der Seehas beruhigte sie mit dem Mut der Verzweiflung. „Nur koi Angst, weit ka des nimmer sei!" Doch so sicher war er sich auch wieder nicht.

Tatsächlich waren sie in einem großen Kreis durch den Wald gezogen. Schließlich lichtete sich dieser doch, und in einer Mulde sahen sie ein schwaches Feuerlein glimmen. Mit Juchhu und Trara stürmten sie drauflos. Wie sie endlich alle am Platz waren, erkannte der Allgäuer:

„I woiß it, mir scheint, do send mir scho amol gwea!"

Und wirklich: Sie waren am verlassenen Lagerplatz der fahrenden Leute gelandet. Vorwurfsvoll sagte der Knöpfle zum Blitzschwab: „Wenn du jetzt die Supp net ins Feuer gosse hättsch, no wär was zum essa do!" Der gab natürlich sofort zurück, daß sie es ja wohl nur ihm zu verdanken hätten, daß sie überhaupt aus dem Wald herausgekommen wären, und schon lagen wieder alle im schönsten Streit miteinander. Das hätte bös ausgehen können, wenn nicht plötzlich der Nestel gerufen hätte:

„Um Gotts Wille, a Bär!"

Im Nu verdrückten sie sich in die umliegenden Sträucher und blieben mucksmäuschenstill. Das Vieh, das unter einem Ulmenbaum stand, rührte sich nicht von der Stelle.

„Vielleicht hot's Angst vor uns!" wagte der Gelbfüßler zu flüstern, doch auch sein Herz pumperte laut vor sich hin. Da griff sich der Allgäuer den Spieß und machte sich vorsichtig von hinten an das Vieh heran. Als er schließlich zustechen wollte, ließ er den Spieß fallen und begann hellauf zu lachen.

„Jetzt isch er vor Angst verruckt worde", entfuhr es dem Spiegelschwab, und er wischte in bekannter Manier ein Riesentröpfle von der Nase. Doch da rief der Allgäuer schon:

„Kommt nur her, ihr Helda, des ischt an alts Fell! Des hant die Landfahrer vergessa zum mitnehma!"

Zögernd kamen die anderen näher, immer bereit, gleich wieder Reißaus zu nehmen. Doch tatsächlich: Es war nur ein Fell - schäbig und zerschlissen! Alle waren ein wenig bedeppert, doch der Seehas rettete sofort die Situation:

„No, wie hammer des wieder gmacht? So schleichet mir uns au an des U'tier na und packens dann von hinte. Des war jetzt die bescht Vorübung für uns!"

Alle, außer dem Allgäuer, gaben ihm recht, und nun wollten sie ihren Sieg natürlich gebührend feiern.

„Knöpfle, was hemmer denn no zum essa derbei?" fragte der Seehas. Der aber blickte sehr bekümmert drein.

„Ja, do schauts schlecht aus. I hab halt grad no für jeden a Regensburger Wurscht!"

Daß er noch fünf weitere im Ränzle hatte, das verschwieg er. Schließlich ist jeder seines eigenen Glückes Schmied.

Die Sieben kauten mit trauriger Miene ihr Würstle hinunter. Der Allgäuer brachte die Sache auf den Punkt:

„Ja, Seehas, wie soll des jetzt weiter gau? Z'eassa hant mir nix mehr. Hoscht du wenigschtens no a Geld im Sack?"

Das mußte dieser verneinen.

„No brauchet mir gar nimmer weitergeha!" ließ sich der Knöpfle vernehmen, dem es jetzt recht unbehaglich in seiner Haut wurde.

Da griff der Blitzschwab ein.

„Koi Geld im Sack, des ischt für an Musikante gar koi Problem net! Mir ziehet jetzt nimmer durch da Wald, sondern durch die Dörfer. Und do sing i a paar Liadle, und du, Nestel, du schlupfst in des Bärafell nei und tanzt derzue! Des probier mer jetzt glei!"

Der Nestel zierte sich nicht lange und stellte sich auch gar nicht ungeschickt an.

„Des glaubt doch koiner, daß des an echter Bär ischt", zweifelte der Allgäuer.

Doch der Blitzschwab widersprach: „Hoscht du an Ahnung, wie deppat die Leit san!"

„Mir soll's reacht sei!" erwiderte der Allgäuer. Er schien nicht so ganz überzeugt.

Aber schon gewann der Seehas wieder Oberwasser:

„I verzähl dene Leit von deam Ungeheuer, und du, Blitzschwab, machsch da draus a Liedle! Und ihr werat seha, die gebat uns zum essa und zum trinka und no a Zehrgeld derzue!"

So zogen sie also die Wertach flußaufwärts, ließen kein Dorf rechts und links liegen - und wirklich:

Die Leute bestaunten sie und gaben ihnen genug Wegzehrung, wünschten ihnen viel Glück und waren wohl auch froh, als sie die wunderlichen Gesellen wieder losgeworden waren.

In Türkheim passierte es!

Der Blitzschwab sang gerade wieder eines seiner Liedle, da kam eine hübsche Jungfer aus der Tür und steckte ihm ein Küchle in den Mund.

Sofort war der Blitzschwab Feuer und Flamme.

„Ja, i dank halt au recht schö! Für so a Jungfer wie ihr oine seid, do ziehgt ma gern in da Kampf!"

Und er fügte hinzu, so ein liebes Gesichtle, solch zierliche Füßle und so ein rosiges Göschle hätte er im ganzen Schwabenland noch nicht zu Gesicht bekommen.

„Ihr könnt net bloß schön aufspiele, sondern au recht zuckersüß daherrede!" versetzte die Dirn.

„Mir Musikante send net bloß die lustigste, sondern au die treueste Leut!"

Das wäre ihr völlig neu, bekam er zu hören.

„Ja, drum isch bloß guet, daß mir uns troffe hent." Und der Blitzschwab nahm sie beim Arm und nannte sie sein „Schatzhauserle", sein „Herzkäferle" und sein „Skapulierläusle", und ob sie ihn nicht heiraten möchte.

„Wenn die Männer so rar sind wie die Pfeffernüß, no heirat i di!" Jetzt geriet der Blitzschwab völlig außer Rand und Band, nannte die Jungfer noch sein „glitzeriges Goldengele" und wollte ihr einen Schmatz auf die Lippen drücken.

Doch diese wehrte ab.

„Komm auf d' Kirchweih meah vorbei, no kannsch dir dei Küßle abhola!"

Freilich, der Blitzschwab wollte es halt schon gleich haben, doch da packte ihn der Allgäuer am Kragen:

„Tue jetzt du no z'erscht beim U'tier zoiga, was du für a Mannsbild bisch, und na kascht immer no Süßholz raschple!"

„Oi Liedle no, oi gotzigs Liedle!" flehte der Blitzschwab, was ihm schließlich genehmigt wurde. Und er sang zum Herzzerreißen:

> Soll i denn sterbe, bin no so jung, so jung,
>
> soll i denn sterbe, bin no so jung.
>
> Wenn des mei Mädle wüßt,
>
> daß i scho sterbe müßt,
>
> sie tät sich grämen mit mir ins Grab.

Und siehe da! Der Gesang tat seine Wirkung: Das Mädle ging auf den Blitzschwab zu und drückte ihm ein ganz zartes, seidenweiches Küßlein auf die Wange.

Mittlerweile hatte sich der Seehas auf die mehr materiellen Güter beschränkt und auch hier guten Erfolg eingeheimst. So zogen sie unter fröhlichen Melodien wieder ab.

Und der Allgäuer brummelte in seinen Bart hinein:

„Bi Gott, bei sonera Föhl, do könntesch schwach wera. Schad, daß se net ausm Allgäu isch!"

Womit für ihn die Welt wieder in Ordnung war, während der Blitzschwab einen rosaroten Himmel vor sich leuchten sah.

Gefecht am Mindelheimer Tor

Ins schöne Städtchen Mindelheim wären sie gar zu gerne hineingezogen.

„A Städtle, des gar so viele Kirchtürme hot, des hot bestimmt au guete Wirtschäftle", meinte der Knöpfle, und auch der Blitzschwab dachte, es müsse sich hier gut singen und musizieren lassen. Doch die Wächter ließen sie nicht ein, es sei denn, sie würden ihren Spieß zurücklassen. Aber das ließ der Seehas nicht zu.

Wie sie nun so unschlüssig an einem der Tore standen, wurde ein Rudel rosiger Ferkel herausgetrieben. Dem Gelbfüßler lief sogleich das Wasser im Mund zusammen, wenn er daran dachte, wie gut ein solches, gebraten am Spieß, jetzt schmecken könnte. Auch der Allgäuer mußte einen solchen Gedanken gefaßt haben, denn er nahm den Spieß fest in die Hand und ließ ihn kreisen. Da kam der Treiber aus dem Tor mit einer langen Pfeife im Mund und kurzen Lederhosen am Hintern.

„Ja, wos seid's denn ihr für G'sellen?" fragte er in kernigem Bayerisch, „ums Hoar hätt i eich mit meine Suggerln verwechselt!" Und er begann unbandig zu lachen.

„Was sagsch du do?" fuhr ihn der Blitzschwab an, „hoscht du no nia reachte Schwobaleit gsecha?"

„Schwobn gibts bei uns grad gnue im Landl, manche Leit sogn aa Wanzen derzue!" rief der Bayer und begann wieder herzhaft, einen Lacherer nach dem anderen herauszustoßen.

„Potz Blitz und Malefiz!"

Das war dem Blitzschwaben zuviel! Er rannte auf den Bayern los und schmierte ihm eine, daß dieser zu seinen Ferkeln in die Grube fiel. Dieser nicht faul, rappelte sich auf und schlug zurück. Doch da fielen die anderen gemeinsam über ihn her, und im Nu war die schönste Rauferei im Gange.

Freilich, wenn der Allgäuer nicht gewesen wäre, der Bayer hätte sie allesamt unter die Weste geprügelt. Doch so mußte er wohl oder übel klein beigeben und suchte hinter dem Torbogen seine Sicherheit zu gewinnen.

Die sieben Schwaben waren so ins Gefecht verwickelt, daß sie sich beinahe noch selber verprügelt hätten. Doch dann merkten sie, daß sie einen Sieg errungen hatten.

„So werden mir au des Untier a'geha", rief der Seehas. Und mit frischem Selbstbewußtsein stiefelten sie um Mindelheim herum und würdigten es keines Blickes mehr. Der Knöpfle kam noch schnell hinter einem Mäuerlein hervorgesprungen. Er hatte während des Kampfes fest auf seine Tiegel und Pfannen getrommelt und ein wackeres Kriegsgeschrei aus sich herausgelassen. Er bekam ein besonderes Lob vom Seehas.

„Des hoscht guet gmacht, Knöpfle! Ma hätt moina könna, a ganzer Landsknechtshaufa isch do auf'm Weag. Wenn du des au beim Untier machscht, no ka nix mehr fehla!"

In dieser Stimmung wanderten sie auf Kammlach zu. Unterhalb der Mindelburg aber versammelte der Seehas seine Gesellen, um noch einmal eine geharnischte Rede zu halten. Doch wie er die Mannen zählte, kam er nur auf sechs. Es fehlte der Nestel. Also ging es an ein großes Jammern und Schelten, daß sich dieser dem Kampf und Sieg entzogen habe. Einer polterte lauter als der andere. Da kam auf einem schmalen Waldpfad der Nestel gelaufen. Und vor sich her trieb er ein Säulein. Gar nicht verlegen sagte er: „Ma ka doch net bloß raufa und schreia, beim Kampf mueß mer doch au a Beute macha. No hau i des Suggele mitgnomma. Und jetzt ganget mir zu die Weiher nunter, do fang i euch a paar fette Fisch, und na kascht du deines Amtes walten, Knöpfle!"

Da gab es ein großes Hallo, und der Nestel war der wahre Held des Tages.

Der tiefe Waldsee

Als sie anderntags die Hopfengärten um Memmingen herum erreichten, schaute der Spiegelschwab immer besorgter in die Gegend. Dem Blitzschwaben, der mächtig in sein Horn stoßen wollte, bedeutete er, daß er lieber still und ungesehen an der Reichsstadt vorbeiziehen würde. Doch da passierte es schon! Aus dem Stangengewirr kam eine Weibsperson auf die Gruppe zugesprungen und faßte den Spiegelschwaben ins Auge: „Jetzt hau i doch richtig gseha! Ja, du Lumpastück, du Galgevogel, du Rumtreiber du elender, wo bischt denn du dia ganz' Zeit?"

„Mei Alte!" ruft der Spiegelschwab und vergißt sogar vor Schreck, das Tröpfle auf die bewährte Art und Weise von der Nase zu wischen. Wieder rettet der Nestel die Situation. Behende schlüpft er in das alte Bärenfell, und der Blitzschwab läßt urige Laute aus seinem Horn erschallen. Erschrocken macht die Frau des Spiegelschwaben kehrt und läuft mit wehenden Röcken davon.

„Des isch grad nomol guet gange", ächzt der Spiegelschwab und fährt sich, jetzt aber sorgsam, über die Nase.

„Do derfür stift i bei der nächste Wallfahrt in Maria Steinbach a große Kearze, wenn i net drauf vergiß!"

Doch der Nestel gibt sich damit nicht zufrieden.

„Besser wär's, du tätscht was für die irdische Gerechtigkeit", meinte er scheinheilig, „die hot dir jetzt doch pfeilgrad g'holfa!" Der Spiegelschwab schaute zuerst ein bißchen verdutzt drein, doch als ihn der Nestel daran erinnerte, daß in seinem, des Spiegelschwaben Hosensack, doch noch ein paar Münzen klappern würden, kehrten sie in der Grenzwirtschaft ein, wo sie viel Aufsehen erregten.

„Im Kemptische drüba müsset mir aufpassa", sagte der Allgäuer, „der Fürstbischof ischt a Ma zum Fürchta!"

Doch nach dem zweiten Kännle Wein waren alle wieder siegesmutig, und der Seehas hatte alle Mühe, sie zum Weitermarschieren zu bewegen.

So zogen sie illeraufwärts. Mittlerweile war es schon ziemlich dunkel geworden. Da sahen sie in einer Talmulde ein großes Feld mit blau blühendem Flachs. Da ein sanfter Wind darüberstrich, dachten sie, es wäre ein großes Gewässer. Der Knöpfle meinte gar, sie wären schon am Bodensee.

Sagte der Allgäuer: „Des nutzt jetzt alls nix, do müsset mir durchwate!"

Aber der Nestel hielt jammernd dagegen: „Wie soll i denn durch a Wasser wate, wenn i mit oiner Hand d' Hose und mit der andere 's Bündel halte mueß?"

Der Knöpfle wiederum vermutete, daß in dem Wasser bestimmt sehr gefährliche Ungeheuer herumschwimmen würden und riet zur Umkehr. Doch dann setzte sich der Blitzschwab an die Spitze und rief: „Potz Blitz! Frisch gewagt ischt halb geschwommen!"

Aber nicht er hüpfte ins vermeintliche Wasser, vielmehr gab er dem Knöpfle einen kräftigen Tritt in den Hintern, so daß dieser kopfüber hinunter flog. Eine kurze Weile rührte sich gar nichts, dann tauchte sein Hütlein auf:

„Lueget", rief der Allgäuer, „er sinkt net unter, mir könnet's derpacka!" Und mit Hallo und Hurra hüpften sie in den himmelblauen „See".

Dann hörte man eine Zeitlang nur ein heftiges Gestöhne und Gejammere. Als sie sich schließlich am Feldrand wieder trafen, guckte jeder jeden sehr verlegen an.

„A komisch' Wässerle isch des scho gwea", äußerte sich der Seehas nach einer Weile, „jetzt zählet eure Rippe und blaue Flecka, und no ganget mir weiter!"

Doch sie humpelten nur bis zur nächsten Waldlichtung. Dort sanken sie in einen tiefen Schlaf und träumten weiteren Abenteuern entgegen.

Im Verließ auf Kronburg

Hügelauf- und abwärts stapfend kamen sie alsbald nach Maria Steinbach. Dort war gerade eine große Schar von Wallfahrern zusammengekommen, um vor den tränenden Augen der Mutter Maria in der Kirche zu beten, während der Wirt unterhalb des Gotteshauses schon die Würste sott, damit sich die Schar auch an weltlichen Genüssen erlaben konnte.

Die Sieben erregten kein geringes Aufsehen, zumal sie sich am Fuße des Kirchenhügels lebhaft zerstritten. Den Knöpfle zog der Geruch der Würste an, der Allgäuer meinte, eine stille Andacht könne dem kriegerischen Unternehmen vorab nur nützlich sein, der Seehas aber mahnte an ein zügiges Weitergehen. Er wollte endlich dem Ziele näherkommen.

Der Blitzschwab hatte sich abgesetzt. Im Hof der Ficklermühle blies und sang er lustige Liedlein, welche die hübsche Müllerin so entzückten, daß sie ihm einen kleinen Sack Mehl schenkte, den er schleunigst dem Knöpfle auflud.

Schließlich setzte sich der Seehas durch. Nur zogen sie wieder einmal in die falsche Richtung, ließen sich mit dem Nachen über die strudelnde Iller setzen und hielten auf Schloß Kronburg zu.

Vom Turmfenster sah der Junker von und zu Kronburg die Schar die Straße entlangziehen und hielt sie für Räuber- und Diebsgesindel. Da er zudem an diesem Tag schlechter Laune war, faßte er spontan den Entschluß, ein Zuchthaus zu gründen, um den schwäbischen Kreis sauber vor allen Herumtreibern zu halten. Da kamen ihm die Sieben gerade recht.

Er schickte sieben Knechte mit sieben Bullenbeißern ans Ortsende. Sie sollten die Kerle gefangennehmen und in den Turm werfen. Die Sache wäre für den Junker beinahe schiefgegangen, da es dem Knöpfle gelang, die grimmig dreinschauenden, beißfrohen Hunde mit Hilfe einer Dauerwurst anderweitig zu beschäftigen. Die Gesellen kapitulierten jedoch ob der militärischen Übermacht und wurden im Keller eingelocht. Die Stimmung sank auf den Nullpunkt. Vor allem der Seehas war ganz verzweifelt und haderte mit der ganzen Christenwelt, die solch wackere Leute mit den besten Absichten derart ungerecht behandele.

Da öffnete sich die Luke, und einer der Kronburger Knechte schob eine große Pfanne mit Milchspätzle herein. Sofort hob sich die Laune, der Knöpfle griff die Pfanne und verputzte die Spätzle samt und sonders, daß aber auch kein gotziges, kein einziges, übrigblieb. Dann rüttelte er energisch an der Luke. Als der Knecht erschien, hielt er ihm die Pfanne unter die Nase: „So, des Pfännle war a rechts Mageträtzerle! Jetzt spring in d' Kuche und bring des no sechsmol. Und für mi kratzsch da Rescht z'samme! Verschtande?"

Der Knecht schaute verdutzt auf die leere Pfanne, deren Inhalt für alle Sieben hätte reichen sollen. Doch da erhoben diese ein derart lautes Geschrei und Gebrüll, daß er sich schleunigst auf die Socken machte und zu seinem Herrn, dem Junker, in den Turm hochstieg. Als dieser hörte, was geschehen war, meinte er, das könne ja nun der schwäbische Kreis von ihm auch nicht erwarten, daß er gleich sieben Fresser verköstige, und er befahl, die Sieben sogleich auf freien Fuß zu setzen. Eilig hüpfte der Knecht in den Keller und verkündete den Entschluß seines Herrn.

Aber es rührte sich keiner von der Stelle.

„Mir gant net raus", widersetzte sich der Nestel unbekümmert. „Mir hent no ebbes zum kriege! Wer d' Leit ei'sperrt, der mueß sie au verköstige, des ischt an alte Sach! Jetzt gang nauf zu dei'm Herre und sag ihm, mir krieget no sieba Pfanna Spätzle!"

Daß der Knöpfle schon eine gefuttert hatte, nahm er nicht weiter zur Kenntnis.

Solches sei noch nie passiert, erwiderte der Knecht ganz verstört. Doch der Seehas fuhr ungeniert dazwischen: „Hoscht net g'hört, was mir moinet? Los, schick di!"

Und alle fingen wieder ein schauerliches Hungergebrüll an. Im ersten Zorn wollte der Kronburger Junker gleich alle Sieben aufhängen lassen. Doch dann besann er sich, daß dies wohl nicht zu seinem Besten wäre und befahl, die Schar in die Schloßwirtschaft zu führen. Sie sollten dort auf seine Kosten essen und trinken. „Aber nicht zu üppig", fügte er hinzu, „Kraut und Kartoffeln, das langt!"

Aber diese Rechnung ging nicht auf. Zuerst einmal gab es ein mächtiges Hallo, jeder packte seine Sachen zusammen. Der Allgäuer faßte den Spieß, aber auch den Knecht am Kragen und sagte ihm, er müsse jetzt mitkommen. Und im Bewußtsein seiner Kraft hielt er auch den beiden Torwächtern die Waffe unter die Nase und befahl ihnen, mitzukommen.

In dieser Verfassung zogen sie in die Schloßwirtschaft, bestellten Suppe, Wildschweinbraten und bergeweis Spätzle, roten und weißen Wein und flößten diesen reichlich auch den Knechten ein. Als dann der Blitzschwab zu singen und zu spielen anfing, kam bald das halbe Dorf zusammen, und es wurde eine feucht-fröhliche Nacht.

Unter den Gästen waren ein junger, zaundürrer Student und ein gestandenes Mannsbild mit einem breitkrempigen Hut auf dem Kopf und roten Hosenträgern über dem stämmigen Leib.

Den Studenten nahm der Allgäuer gleich auf die Seite.

„Du verhungerts Bürschle kascht glei mit uns zeche, an dir ischt ja kaum ebbas dra. Wenn hascht denn as letscht Mol ebbas Warms in da Leib kriagt?"

Ein Knecht wollte widersprechen, doch da hielt ihm der Allgäuer nur den Spieß unter den Schnurrbart.

Das Studentlein hielt beim Schmausen wacker mit, ließ wissen, daß es Adolphus hieße und hier im Lande sei, um ein Buch über die Schwaben zu schreiben.

„Du kascht glei mit uns gau", griff der Seehas zu, und begann wie üblich die Werbetrommel zu rühren. Jedoch der schmächtige Adolphus wollte vom Kämpfen nichts wissen und hielt sich mehr an den gefüllten Weinkrug. „Mortuus in anima, curam gero cutis", lallte er. Befragt, was das heiße, stammelte er ein „Tot an der Seele, tue ich dem Leib gütlich". Doch das wurde nicht so recht verstanden. Als der Adolphus aber versuchte, mit dem Spüchlein „Quidquid Venus imperat, labor est suavis" (Was Venus gebietet, ist wonnige Müh'), der strammen Wirtin unter die Röcke zu greifen, packte ihn der Schloßwirt energisch am Kragen und beförderte ihn ohne Federlesens an die kühle Nachtluft.

Und schon hatte der Blitzschwab ein Spottlied auf den Lippen. Währenddessen hatte sich der Nestel dem Tiroler genähert: „Wer sent jetzt die gscheitere Leit, die Tiroler oder die Schwobe?"

„No ja, ma sagt, die Schwobn wer'n mit Vierzig g'scheit, und die Tiroler mit Fuchzig. Doch nur kei Angscht nit, die Tiroler holet die Schwobn allweil wieder ei!"

„Ob unser Herrgott wohl a Schwob ischt oder a Tiroler?"

„Sell kommt drauf a, wo du stehscht! Kriaget die Schwobn Schläg', ischt der Herrgott a Tiroler, umkehrt ischt er a Schwob!" „Du bischt a rechts Klugscheißerle", sagte der Nestel listig, „und wenn boide Schläg' krieget?"

Da hieb der Tiroler auf den Tisch, daß die Krüge wackelten: „No söllet sie zuseacha, wia sie an Herrgott krieget! Aber jetzt frog i di ebbas! Wachset die Kröpf im Allgäu immer no guat?"

Da mischte sich der Allgäuer ein.

„Es goht, Manndele, es goht! Aber seit mir die viele Tiroler im Land hent mit ihre wüeschte Grender, send mir über eisre Kröpf numma so traurig. Gega eich sent mir allet no scheane Kerle!"

Das gab ein großes Gelächter. Doch der Seehas merkte die Verstimmung beim Tiroler und winkte ab: „Nix für u'guet! Trinket no a Kännle auf dean Schrecka!"

„I dank au schön", freute sich der Tiroler, „i dank au schön für die Bezahlung!"

So ging der Abend fröhlich zu Ende. Doch andern Morgens trieb der Seehas seine Mannen früh aus dem Stroh. Er wollte so rasch wie nur möglich aus dem Herrschaftsbereich des Kronburger Junkers kommen. Und damit war er gut beraten!

Der Kampf

Nach zweitägigem zähen Marschieren standen sie endlich auf den Hügeln über dem Bodensee.
„Daß Gott derbarm, ischt des a große Lache!" sagte der Gelbfüßler überwältigt.
„Potz Blitz, bei so viel Wasser bleibt dir ja d' Spucke weg", so und so ähnlich ließ sich jeder vernehmen.
Dann wurde der Seehas sachlich.
„So, nun standet in d' Reihe na, faßt da Spieß! Jetzt wird's ernscht!" Doch mit dem Ernst hatten es die anderen nicht so sehr. Ob man die Sache nicht doch nochmals überdenke, gab der Spiegelschwab von sich. Übereilen führe nie zu Gutem, äußerte sich der Knöpfle. Und der Nestel zögerte, er müsse sich erst noch einen Strick durch die Hose ziehen.
Da wurde der Allgäuer zornig und fuhr dazwischen: „Nix mehr g'schwätzt jetzt! Auf und in d' Reih nei'gstande!"
Doch es gab heftige Meinungsverschiedenheiten, wie die Reihe angeordnet sein solle. Der Seehas argumentierte, er sei der Kopf der ganzen Sache und gehöre in die Mitte. Der Knöpfle gab zu bedenken, er sei zu klein, um das Gefecht zu übersehen. Der Nestel brachte wie immer seine Hose ins Spiel, der Spiegelschwab sein Alter und sein Asthma. Und er sagte dem Gelbfüßler jenen Spruch, welcher später in die schwäbische Literaturgeschichte eingegangen ist:
„Du, Jackele, gang du voran,
du hast Stiefel und Sporen an!"
Da packte der Allgäuer den Spieß, hob den zappelnden Blitzschwab am Wams hoch und hieß alle in die Reihe treten. So zogen sie dem Waldrand zu. Doch schon nach wenigen Schritten löste sich der Knöpfle und verbarg sich in einer Mulde. Kurz danach kam der Nestel. „I hau mir denkt, oiner mueß doch vo hinte her sichere, wer sait denn, daß des Viech vo vorne derher kommt!"
Das leuchtete dem Knöpfle sofort ein. Schließlich schob sich der Spiegelschwab auf die Seite mit der Bemerkung, wenn alle hintereinandergingen, könnten ja auch alle auf einen Sitz gefressen werden, was der Blitzschwab nur zu gern zur Kenntnis nahm. Doch ihn hielt der Allgäuer fest am Wamszipfel.
Vom See strich ein Wind herauf und blieb mit pfeifendem Ton in den Rebgärten hängen. Geduckt

schlichen die übriggebliebenen Helden dem Waldrand zu. „Hauahauaho!" brüllte der Allgäuer und nochmal „Hauahauaho!" Der Knöpfle, mittlerweile zögernd aufgeschlossen, wisperte verzagt, so würde das Untier doch nur aufmerksam werden.

Plötzlich regte sich etwas in den Sträuchern. Der Allgäuer zog los, die anderen fielen gestreckt

auf den Boden. Nur der Seehas blieb stehen und sah, wie schon damals, ein braunes Vieh in mächtigen Sätzen davoneilen. Der Allgäuer warf ihm den Spieß nach, daß es nur so krachte. Dann blieb alles still.

Schließlich streckte der Knöpfle den Kopf hoch.

„Isch's hin, des Viech?"

Der Seehas ließ sich auf keine Fragen und Diskussionen ein. „Mir ham neigstoche, daß d' Fetza bloß so gfloge send. Unser großmächtiger Spieß isch derbei kaputtganga. Ha, des war a Kampf!" Und er wischte sich den Schweiß von der Stirn. Auch der Gelbfüßler bestätigte, daß das Untier braun und langgestreckt gewesen sei und wie der Teufel dahingerast wäre.

„Wo ischt denn der Allgäuer?" fragte der Spiegelschwab.

„Der werd doch net da Berg nakuglet sei", sorgte sich der Seehas. Doch da kam dieser schwer schnaufend auf die Gruppe zu und hielt das zerbrochene Oberteil des Spießes in der Hand. Alle bestürmten ihn mit Fragen. Doch er nahm den Seehas zur Seite und flüsterte: „Du, wenn des U'tier koi Has gwea ischt, no ka i as Wasser net vom Bier unterscheida!"

Doch da kam er beim Seehas schlecht an.

„Has hi, Has her! No ischt des eba a Seehas gwesa! Und die send größer und wilder als alle andere im deutsche Reich!"

Und dann hielt er eine Ansprache:

„Ihr Helde! Mir ham des Ungeheur gschlaga und des Schwaubaland von aller Gefahr befreit! Und des werd uns die ganze Christenheit danke. Und jetzt stellet eich in d' Reihe nei! Mir marschiert jetzt auf Überlinge na und verzählet's die andre!"

Da meldete sich der Nestel.

„Mir hent nix zum herzoige! Wenn mer wenigschtens an Schwanz von dem Viech hättet!"

Das leuchtete allen ein. Einmal mehr erwies sich der Nestel als Vordenker.

„Es isch doch guet, daß mir des Bärafell mitgschloift hent! Des bind mer jetzt an dean Spieß na, und no hent mir au a wirklichs Siegeszoicha!"

Alle lobten ihn überschwenglich, und mit fröhlichen Rufen zogen sie in Überlingen auf das Bürgermeisteramt.

„Viktoria, Viktoria, das Untier ist geschlagen!
Viktoria, Viktoria, im ganzen Schwabenland!"

Siegesfeier und Abschied

Das halbe Dorf war mit den sieben Gesellen zum Amtshaus gezogen und sang eifrig mit. Mit verlegenem Lächeln trat der Bürgermeister aus dem Tor. So ganz geheuer kam ihm die Sache immer noch nicht vor. Andererseits hatte sich in den letzten Wochen auch niemand mehr auf den Rebhügel getraut. Schließlich: Nix G'wieß' woiß mer net, sagen die Schwaben.

Doch als er sah, daß fast das ganze Dorf versammelt war, wußte er, was er seines Amtes und seiner Person schuldig war. Er hielt eine flammende Rede. Von Kampf, Gefahr, Mut und Klugheit war darin die Rede, und schließlich waren alle überzeugt, daß eigentlich nur er, der Bürgermeister, die Gefahr rechtzeitig gesehen und überwunden habe. Der Seehas bekam ein großes Lob und alle eine Einladung, zwei Tage bei Speise und Trank den Sieg zu feiern.

Es wurden vier Tage.

Doch schon nach dem ersten Tag verabschiedete sich der Allgäuer. Er marschierte schleunigst auf den heimischen Hof über Burgberg, dort freudig von seinem Vater begrüßt.

„Guet, daß d' do bischt, Buele, kommscht grad reacht zum Alpauftrieb!"

Doch da schüttelte „der Buele" den Kopf. „Noi, Vatter, i hau jetzt viel glearnet. Mit der Arbeit isch koi Geld verdient. Du muescht wenig tue und viel schwätza! Mir verpachtet da Hof, und i werd a Politiker!"

Auch der Knöpfle ging bald los. Er heiratete im Ries sein Bäsle und zog mit ihm nach Augsburg, um dort eine „Sieben-Schwaben-Wirtschaft" zu eröffnen, wo er „Kässpätzle" und „Buebespitzle" und „Versoffene Jungfern" und „Nonnenfürzle" feilbot und darüber zu einem reichen Mann wurde.

Der Blitzschwab zog, seinem Namen gemäß, wie der Blitz auf Türkheim, umschmuste sein Schatzhauserle, daß es nicht widerstehen konnte, schrieb und dichtete die schönsten Schwabenliedle. Und als schließlich drei Buben auf der Welt waren, gab es keinen Winkel mehr im Ländle, wo er nicht als Schwabens erster Liedermacher gern gesehen war.

Am dritten Tag, als die Fässer bald schon leer waren, erhob sich der Bürgermeister erneut, um eine Rede zu halten. Er wollte den Seehas zum Ehrenbürger erheben. Doch dieser hatte den Braten rechtzeitig gerochen und drückte den Bürgermeister auf den Stuhl zurück. „Von der Ehr ka ma net runterbeiße! Mir bauet jetzt a Denkmal an die Stell' nauf, wo mir des Viech gschlage hent und drneba a Häusle. Und do tun mir den a'grissane Spieß nei und des Fell und no mehr so Zuig, und i verzähl, wie's zuganga isch. Ja, do kommet haufeweis Leit zum A'gucke!"

Und er drehte verschmitzt den Daumen und den Zeigefinger und wurde auf diese Art der erste Touristikmanager des Schwabenlandes.

Der Gelbfüßler setzte über den See ins nahe Konstanz, in der Hoffnung, hier als Grenzer ein Auskommen zu finden und bei passender Gelegenheit in den Thurgau zu schlüpfen, in ein Land, wo man es nicht so mit Kämpfen und Siegen hatte.

Der Spiegelschwab kam sich sehr verlassen vor. Er trank Kännlein um Kännlein und sagte sich vor, wenn er beim Untier schon so viel Mut bewiesen habe, dann dürfte ihn der doch nicht bei seinem Weibe verlassen. Aber da waren halt gewaltige Unterschiede!

Als sich seine Augen schon verklärten, stand unvermittelt seine Frau vor ihm. Er erschrak auf den Tod. Doch sie herzte und küßte ihn, weinte und lachte in einem, sie habe sich solche Sorgen gemacht und gehofft und gebetet und jetzt erfahren, was sie im Grunde für einen Helden als Mann habe. Der Spiegelschwab wischte das Tröpfle weg, bemühte sich krampfhaft, wieder nüchtern zu werden und als ihm der Seehas beistand und die Heldentaten farbig schilderte, gewann er Mut und Fassung, nahm seine Frau unter den Arm und zog zufrieden von dannen.

Jetzt war nur noch der Nestel übrig.

„Ja was tuet mer denn mit deam notige Siache?" fragte der Bürgermeister.

„Mit mir tuet mer gar nix", erwiderte der Nestel. „I krieg jetzt 20 Gulden für des Fell!" wandte er sich grinsend an den Seehas, der sich seinerseits wie ein Wurm wand. „Du woisch scho, warum!" Den Bürgermeister bat er um eine neue Hose und ein Wams. Schließlich einigte man sich auf zehn Gulden.

Als der Nestel dann in sein spendiertes Gewand stieg, fragte der Bürgermeister neugierig, warum denn der Seehas so viel Geld für das erlegte Fell hinstrecken müsse.

„Was wäret die Starke ohne die Schlaue", versetzte der Nestel, „aber dene baut mer koine Denkmäler, die müsset sich scho selber helfe!"

Am nächsten Tag war er verschwunden.